¡Qué calor!

Lada Josefa Kratky

NATIONAL GEOGRAPHIC LEARNING | CENGAGE Learning

Coqui va contento en el

bolso de su mamá.

La cangura se
pasea a saltos.

Al rato, Coqui se queja:

—¡Qué calor!

¡El sol quema!

Coqui se quita la cobija.

Al poco rato, Coqui
se queja:
—¡Mamá! ¡Qué calor!

Coqui se quita la corbata

y la camisa.

—¡Mamá, corre
más rápido!
¡Qué rico se va así!